Cuando deje de nevar
© 2005, Komako SAKAI
Primera edición en Japón en 2005 con el título
«YUKI GA YANDARA» por Gakken Co., Ltd.
Los derechos en lengua española fueron negociados en nombre de Gakken Co., Ltd.
por Japan Foreign-Rights Centre
© 2006, Editorial Corimbo por la edición en español
Av. Pla del Vent 56, 08970 Sant Joan Despí, Barcelona
e-mail: corimbo@corimbo.es
www.corimbo.es
1ª edición diciembre de 2006
Traducción al español del inglés: Margarida Trias
Impreso en Belgica por Proost
ISBN-13: 978-84-8470-097-5
ISBN-10: 84-8470-097-6

Komako Sakaï

Cuando deje de nevar

Corimbo

Aquella mañana, cuando
desperté, mamá me dijo :
« No hace falta que te levantes
todavía. »
Y yo le dije : « ¿ Cómo es eso ? »,
y ella me respondió :
« Hoy la guardería estará
cerrada … »

« ... ha estado nevando toda la noche

y el autobús de la escuela se quedó atascado.»

« Nieve ! ! »

Salté de la cama gritando y ya me iba a poner los zapatos
cuando mamá me dijo :
« No salgas de casa hasta que deje de nevar ; vas a resfriarte. »

Pero escapé de mi cuarto
mientras mamá lavaba los platos
y salí al balcón. Hice una bola de nieve
deprisa y corriendo.

Siguió nevando a la hora de comer,
y también a la hora de merendar.
Mamá renunció a salir de compras,
y se quedó a jugar a las cartas conmigo.

Papá estaba fuera de la ciudad por cosas del trabajo.
Debía regresar a casa aquel mismo día,
pero cancelaron su vuelo hasta que dejara de nevar
y no pudo volver.

Cuando mamá salió al balcón,
yo fui tras ella. Fuera hacía un frío
que pelaba, pero había una gran paz
y tranquilidad.
No pasaba ningún coche.
En la calle no había nadie paseando.
Sólo se oía la nieve que caía
silenciosamente.

« Es como si estuviéramos solos en el mundo, mamá. »

Se hizo de noche.
Después de cenar, mientras estaba
lavándome los dientes, vi que…
¡ Hurra ! ¡ Había dejado de nevar !

« Mamá, mamá, por favor, déjame salir, déjame salir.

¡ Ha parado de nevar ! »

« Es tarde y debes irte a dormir… »

Después, a mamá se le escapó una sonrisa y me dijo :

« De acuerdo, pero sólo un ratito. »

Mamá y yo dejamos un montón de pisadas sobre la nieve recién caída.

E hicimos muchas bolas de nieve.

Después hicimos muñecos de nieve.

Se me helaron las manos y me goteaba la nariz…

« ¡ Qué tarde es ! Debemos entrar.

Podemos seguir jugando mañana », dijo mamá.

Mañana…
Sí, mañana…

Mañana regresará papá, porque ha dejado de nevar…